I0548699

PANEGYRIQVE

A TRES-HAVT ET TRES-PVIS-SANT PRINCE CHARLES DE GONZAGVE & de Cleues, Duc de Neuers & de Retheloys, Prince de Mantouë, Marquis d'Ifle, Comte de fainte Manehould, Souuerain d'Arches,&c. Pair de France, Gouuerneur & Lieutenant General pour fa Majefté en Champagne & Brie.

Pour refiouiffance de fon heureux retour de Rome.

Par Ch. De las de Lacouldre, Niuernois.

A PARIS,

Chez MARTIN VERAC, Imprimeur & Libraire,

tenant fa boutique ruë Iudas à la Nauette.

M. D. C. IX.

France aux eftrangers, les eftrangers à la France. Pleuft à Dieu que i'euffe la fuffifance du Poëte de Mantouë pour faire entendre par tout le monde, & cognoiftre à la pofterité ce que ie conçoys en moy-mefme de vos loüanges heroïques! Mais ne pouuant atteindre où porte ma vifee, i'ay neantmoins fait mon effort pour bienueigner voftre heureux retour, & auoir occafion de vous aller baifer tres-humblement les mains, & tefmoigner le feruice que ie vo⁹ ay voüé dés ma premiere enfance par ces petites marques de mon hûble deuoir; lefquelles, bié qu'indignes d'eftre prefentees aux yeux de voftre Excellence, & trop baffes pour le fujet de vos merites, feruiront de preuue d'vne meilleure & plus fincere volóté. Quelques-vns vo⁹ offrant vn ouurage de leur efprit, fe mettroient en peine de dire pourquoy ils prénent cefte hardieffe, mais fi ie paroiffois à voftre Grádeur, ayant máqué à ce deuoir, ie ferois en peine de m'en iuftifier: car vous eftant ce que ie fuis, ie fuis naturellement obligé d'eftre ambitieux de vos loüanges, & toute ma vie,

MONSEIGNEVR,

Voftre tres-humble & tres-
obeiffant feruiteur
CH. DELAS de Lacouldre.

PANEGYRIQVE

A TRES-HAVT ET TRES-PVISSANT
PRINCE MONSEIGNEVR LE DVC
de Neuers.

U I me pourra fournir d'assez digne
*   laurier,*
Pour entourer le chef de mon Prince
*   guerrier?*
Qui me donra la voix du Chantre Meo-
*   nide,*
Pour publier par tout d'vne veine fluide,
La sagesse, l'honneur, & la rare vertu,
Dont ie voy ce grand DVC richement reuestu?
Moy qui n'ay sommeillé sur la gemelle croupe
Dans le sein d'Apollon & de sa belle troupe,
Qui n'ay iamais appris ses nombreuses chansons,
Ny gousté les douceurs de ses chers nourriçons.

*   Mais quoy! puis que le Ciel à mes vœux si propice,*
Naissant m'a destiné pour vous rendre seruice,
Mon Prince, mon Seigneur, & puis qu'en ce beau iour
Vous serenez nos cœurs d'vn gracieux retour,
Que l'on vous applaudit, & par toute la France
Vos trophez espanduz donnent resiouyssance,
Ie n'aurois point de cœur, si de tout mon pouuoir

A

Je ne taſchois auſſi d'en faire mon deuoir,
Auiourd'huy qu'Apollon & les ſœurs Pegaſides
M'ouurent les beaux ſentiers des roches Parnaſſides.

 Je ſçay bien que ma lyre eſt trop foible, & mes vers,
Pour ſonner dignement vos merites diuers,
Qu'vn Pindare eſtonné peineroit à les dire,
Quoy qu'il fuſt l'ornement de la Gregoiſe lyre:
Mais voſtre affable humeur, & voſtre alme bonté
Ne regardant au don verra ma volonté:
Donc, PRINCE genereux, noble Sang Italique,
Permettez que chantant voſtre los heroïque;
Je vous donne ces vers; que ſi ce n'eſt au long,
Cet Hymne à tout le moins ſera l'eſchantillon.

 Lors que l'heureux retour de la pucelle Aſtree
Reuenant habiter la Françoiſe contree
Appaiſa les fureurs de Mars ce Dieu guerrier,
Et changea nos cyprez en rameau d'oliuier;
Et que le laboureur d'vne dextre aſſeuree
D'Eluſine tondoit la perruque doree;
Quand tout fut mis en paix, & que le Ciel encor
Promettoit aux François vn ſecond âge d'or;
Le Soleil n'auoit pas par deux Olympiades
Eſclairé vos beaux iours de ſes douces œillades,
Que l'on voyoit des-ja de mille belles fleurs
Voſtre ieune ſaiſon eſclorre les douceurs;
Et ja mille vertus en ceſte ame diuine,
Auſſi-toſt que les iours, prendre leur origine.
 Tout ainſi qu'autrefois en l'auril de ſes ans
Alexandre eſtonnoit les Seigneurs de ſon temps

Par ses graues discours, faisant voir en cet âge
Combien auroit d'esclat l'effort de son courage:
Ainsi vos ieunes iours de sagesse remplis
Presageoient la grandeur de vos faits accomplis:
La douce Majesté, la sincere prudence,
Et le graue maintien, merueilles de l'enfance,
Dont le Ciel à l'enuy vous auoit reuestu,
Promettoient en vos iours vne insigne vertu;
Et qu'vn si bel esprit en ce temps necessaire
Meneroit seurement vne Royale affaire.

    C'est pourquoy dés ce temps le Monarque Gaulois
Ce trois fois grand HENRY le plus heureux des Roys;
Ayant d'vn double effort esloigné les tempestes,
Les fureurs & les maux qui panchoient sur nos testes,
Asseuré son Estat par son sang & sa foy,
Meslant parmy le fer la douceur d'vn grand Roy;
S'esiouït de vous voir, poussé d'vn grand courage,
Entreprendre hardiment vn penible voyage
En vos plus ieunes iours, & suiure desireux
Vostre progeniteur par les monts froidureux,
Lors qu'il luy delegua cet important affaire,
Pour aller de sa part saluër le Sainct-Pere
Ce Clement vertueux, qui dispensoit alors
De l'Eglise de Dieu les celestes tresors.

    Adonc parut en vous la vertu printaniere
Qui desja rayonnoit d'vne viue lumiere,
De mesme que l'on voit la courriere du iour
D'vn pourpre iaunissant flamboyer à l'entour
Du sombreux orizon, lors que Phœbus rameine
Hors des eaux de Thetis ses coursiers en haleine.

Chacun vous admiroit, & fauory des Cieux
Vn chacun vous portoit au dedans de ses yeux.
Sur tous nostre grand Roy voyant vostre ieunesse,
Si pleine de vertus & de meure sagesse,
Iugea tout à l'instant que ce cœur genereux
Suiuroit les beaux sentiers du pere valeureux.

Aussi ce braue Duc, dont la France souspire,
Capable de tenir sous ses loix vn Empire,
Vostre pere vaillant, n'eut rien de si grand prix
En tout ce large enclos du celeste pourpris,
Que de seruir son Roy, prodigue de sa vie
Pour deffendre son droit, & sauuer la patrie.
Chacun le sçait assez, & mes debiles vers
Ne peuuent releuer ses merites diuers,
Si renommez par tout, qu'au temple de memoire
Brilleront à iamais les esclairs de sa gloire.

Ainsi vous dés ce temps imitant ses beaux faits,
Pour ioindre à son desir des celestes effects,
Et pour vous acquerir la gloire plus hautaine
De valeureux guerrier & de grand Capitaine,
Vous fustes animé des flammesches de Mars,
Qui portoient vostre cœur au mespris des hasards,
Lors que deuant Cambray les troupes bazanees
Cogneurent les effects de vos prouësses nees,
Quand bouffis de despit, voyant tous leurs desseins
Encontre les François inutiles & vains,
Ils se mirent aux champs en guerrier esquipage,
Et choisirent ce fort pour le but de leur rage.
Ils le battent soudain laschant de toutes parts
Leurs canons foudroyans encontre ses rampars,

Qui

Qui d'vn foudre grondant dans le creux des montagnes
Troubloient les habitans des prochaines campagnes,
Et vomiſſant le feu, la fumee & l'horreur,
Rempliſſoient l'air voiſin de ſoulfre & de fureur.

Durant ce dur aſſault la viſte renommee
Va ſemant les deſſeins de l'Eſpagnole armee:
Vous d'vn cœur genereux, pour arreſter leur cours,
Portez aux aſſiegez le deſiré ſecours,
Paſſant tout au trauers de la troupe ennemie,
Sans crainte du peril que couroit voſtre vie;
Et plus fort de valeur qu'en nombre de ſoudars,
Malgré tous leurs efforts, ainſi qu'vn ieune Mars,
Fauſſant les eſcadrons des plus braues gendarmes,
Vous ouurez le chemin par l'effort de vos armes;
Et meſpriſant le fer, & les feux, & la mort,
Entrez chargé d'honneur dans ce deſolé fort:
Où ja la peur glaçoit d'vne ſi viue atteinte
Des ſoldats eſtonnez les cœurs ſaiſis de crainte.

Mais l'abbord gracieux de cet aſtre de Mars
Va diſſipant l'effroy logé dans ces rampárs;
Aſſure les craintifs, & d'vn guerrier langage
Reſpandoit dans les cœurs l'audace & le courage;
Si que l'eſprit & l'œil ſe laiſſoient attirer,
L'vn pour croire ſa voix, l'autre pour l'admirer.

Ainſi tous reſoluz d'oppoſer leur perſonne
Aux efforts ennemis ſous conduitte ſi bonne,
Deſireux d'acquerir vn immortel honneur
Sous le commandement d'vn ſi braue Seigneur;
Encor que peu munis & de viures & d'armes,
Pour reſiſter long-temps à ſi viues alarmes,

B

Ils deffendent ce fort de tous costez battu,
Et plus on l'assailloit plus croissoit leur vertu:
Tant firent vos valeurs, & tant vostre presence
Donnoit aux assiegez vne ferme asseurance.

Mais où parut le plus vostre prudent discours?
Iugeant qu'on ne pouuoit si tost auoir secours,
Et que la place estoit de tout point desgarnie
Des vtiles moyens pour deffendre la vie;
Pour éuiter l'effect d'vn plus sinistre sort,
Et de deux accidens esquiuer le plus fort,
Par vn prudent traicté sous vn bel auantage
Vous retirez vos gens & tout leur esquipage;
Portant ainsi par tout en braue conducteur,
La sagesse en l'esprit, & le courage au cœur.

Aussi de vos beaux faits la gloire florissante
Estoit comme vn Soleil par tout resplandissante;
Chacun parloit de vous, & ja vostre beau nom
Voloit par l'Vniuers d'vn insigne renom.

Parmy tant de Seigneurs, & tant de braues Princes,
Que la France esleuoit en diuerses prouinces,
HENRY nostre grand Roy de vos vertuz tesmoing,
Estimoit par sus tous le desir & le soing,
Qui portoit vostre cœur à ces beaux exercices,
Qui forment les vertuz, & destournent des vices,
Au mespris des attraits des douceurs de Cypris,
Dont les ieunes Seigneurs bien souuent sont espris.
,, Aussi qui veut grauer les beaux traits de sa gloire
,, Par des faits signalez au temple de memoire,
,, Pour estre heureusement sur les astres porté,
,, Doit fouler à ses pieds la fausse volupté.

Vous paroissiez plustost à froisser vne lance,
Monstrant en vn tournoy l'adresse & la vaillance,
Ou faire voltiger parmy le champ poudreux
A mille petis bonds vn cheual genereux;
Ou pour gaigner le prix, d'vne course plus vague
On ne voyoit que vous emporter vne bague.
Quelquefois aux douceurs d'vn gracieux printemps,
Pour ioindre à ces plaisirs l'vtile passetemps
De la chasse, l'effroy des forestieres bestes,
Vous exerciez vos mains en ces basses conquestes.
Si bien que maistrisant & le vice, & l'amour,
La vertu seule estoit l'œil de vostre beau iour.

Amour, qui par l'effort de ses traits & ses flammes
Sousmet à son pouuoir les plus rebelles ames,
Auoit cent & cent fois entrepris desireux
De vaincre ce courage & le rendre amoureux:
Mais en vain cet Archer eslançoit ses flammesches,
Ses ruses, ses appats, ses attraits, & ses fleches;
Car tout ce qu'il pouuoit machiner de plus beau,
Ne le pouuoit blesser de l'amoureux flambeau.

En ce temps paroissoit vne grande Princesse
Encore au doux Auril de sa blonde ieunesse,
Dont les rares vertus au iour de ses clairtez,
La rendoient admirable aux celestes beautez:
Et bien que les flambeaux de sa face diuine
Peussent rauir le prix aux beautez de Cyprine;
Toutefois ce beau don qu'elle auoit eu des Cieux
Ne rendoit pas son cœur en rien audacieux;
Mais plustost esleuoit ses vœux & son courage,
Pour relancer aux Cieux les traits de son visage

A l'vnique Soleil, dont l'immenſe clairté
L'attirant de ſes rays augmentoit ſa beauté.
Ainſi comme l'on voit que la blonde Clytie,
Rayonnant ſon bel or, œillade à la ſortie
Le bel Aſtre du iour, & ſemble en le ſuiuant
Qu'elle ioigne ſes raiz aux feux de ſon amant.
Ainſi touſiours au Ciel ſon ame & ſa penſee
Ne tenoit que pour ſoy ſon amour eſlancee,
Si bien que l'on iugeoit aux douceurs de ſes yeux
Que viuant icy bas, elle eſtoit dans les Cieux:
Tant elle eſtoit en faits, en paroles, en geſte,
Graue, diſcrette, ſage, humble, douce & modeſte.
    Pourquoy Muſe veux tu d'vn debile pinceau
Tirer par le menu tout ce qu'elle a de beau,
Puiſque de tant de dons & de graces remplie
En toutes les vertuz on la voit accomplie?
    Voila cet Amour ſainct des celeſtes flambeaux,
Ce feu, ce pur Eſprit qui roule ſur les eaux,
Qui ſouſtient l'Vniuers, qui par ſa prouidence
Range tous les mortels à ſa iuſte ordonnance;
Qui transforme les cœurs, & ſa toute-bonté
Diſpoſe de leurs vœux ſelon ſa volonté;
Quand pour le bien public il porte leur courage
A viure ſous les loix d'vn ſacré mariage;
Non pas ce faux Archer l'aueugle Cupidon,
Que les Poetes feignoient armé de ſon brandon.
    Voila que ce grand DIEV, ceſte diuine Eſſence,
Cognoiſſant ces deux cœurs parauant leur naiſſance,
Ordonne dans le Ciel la chaſte liaiſon
De ces deux belles fleurs en leur prime ſaiſon.

Ie

Je veux, dit l'Eternel, qu'un doux Hymen assemble
Et d'esprit, & de corps & de biens tout ensemble
Ce Soleil Niuernois, Prince selon mon cœur,
Modelle des vertuz, & des vices vainquueur;
Et cet astre luisant, ceste Nymphe Lorrayne,
Le digne reietton du grand Duc de Mayenne,
Qui me craint, & me sert, & pousse incessamment
Ses desirs & ses vœux iusqu'à mon Firmament;
Que ce ne soit qu'un cœur, & qu'un amour fidelle
Cimente leurs esprits en liesse eternelle.
     Iamais ie n'ay versé sur aucun des mortels
Mes graces, mes faueurs, & mes dons immortels
D'vne plus large main, que ie veux fauorable
Combler ces beaux amans de bon-heur desirable.
Ie feray que le miel arrousera tousiours
Le Myrthe verdissant de leurs chastes amours:
Que le Ciel à foison respandra ses largesses,
Pour les combler de biens, d'honneurs & de richesses.
Ie beniray les champs des Peuples Niuernois,
Qui fleuriront heureux de viure sous leurs loix;
Et feray naistre d'eux vne race feconde,
Qui de mille vertus repeuplera le monde;
Enfans dignes du Ciel, mais sur tous leur aisné,
Qui sera de tant d'heur, & d'honneurs couronné,
Que l'on verra briller iusqu'aux mers de l'Aurore
L'esclat de ses valeurs, & ses trophez encore
Passeront plus auant, quand pour l'amour de moy,
Contre les Musulmans il suiura de son Roy
Les valeureux efforts, & l'heureuse vaillance,
Qui ioindra leurs païs au sceptre de la France:

C

Ce-Roy mon fils aymé, fils de ce Grand HENRY,
Le miracle des Roys, & mon plus fauory,
Verra le Nil enflé par les pleines fecondes
Rouler en fa faueur fes tributaires ondes.

Ainfi dit l'Eternel; & foudain dans ces cœurs
Infpira doucement mille fainctes ardeurs,
Qui firent naiftre en fin cefte belle iournee,
Où le Ciel accomplit leur heureux Hymenee,
Les uniffant fi bien d'une efgale amitié,
Que l'un vit dans le cœur de fa chafte moitié.

O iour trois fois heureux qu'en lieffe la France
Veit de ces deux maifons la fidelle alliance!
Et vous, ô Niuernois, beniffez ce beau iour,
Qui fit luire pour vous les aftres de l'Amour,
Dont le plus doux afpect fur vos teftes rayonne
Le bon-heur qui toufiours vos païs enuironne.
Et vous, ô PRINCE heureux, iouïffez longuement
Des beaux dons que le Ciel verfa diuinement
Sur voftre fainct Hymen, & qu'en longues annees
Puiffiez voir de vos fils les hautes deftinees.

Mais quoy! parmy les iours d'esbats & de plaifir,
Mars eft en voftre cœur, c'eft tout voftre defir:
Les attraits gracieux d'un fi doux mariage
Ne peuuent arrefter voftre mafle courage.
Qui porté de l'honneur fur les ailes de Mars
S'efiouït en l'effroy des piques & des dards.
Ce fut lors que pouffé d'une fainte furie
Vous viftes empourprer les campagnes d'Hongrie,
Où voftre bras puiffant armé d'un iufte fer
Donna le Turc en proye aux abyfmes d'enfer;

Quand l'Empereur joyeux mit aux champs ses gendarmes
Sous l'espoir, sous la guide & l'appuy de vos armes.
Alors on apperceut les soldats Allemans
Brauer par vos efforts l'orgueil des Othomans,
Qui vouloient arracher d'vne horrible furie
Le sceptre des Romains & la foy de l'Hongrie;
Et s'auançoient desia d'vn effroyable pas,
L'Europe menassant de feux & de trespas.
    Mais vous, que Dieu guidoit en si iuste querelle,
Vous marchez assuré contre cet infidelle;
Bien que le nombre seul des Lunez estendars
Fust plus grand que n'estoit celuy de vos soudars.
  Comme le fier Lion, qui voit d'vne montagne
Mille troupeaux serrez qui tondent la campagne,
Agité de la faim les deuore des yeux,
Et son poil herissant s'eslance furieux
A trauers les bergers & les troupes timides,
Qu'il deschire à grands tas de ses griffes auides.
Ainsi mon PRINCE ardant & de zele & d'honneur,
Armé du bras puissant du celeste Seigneur,
Descouurant l'ennemy par la pleine herissee
De piques, de drapeaux & d'armes tapissee,
S'eslance courageux à trauers de ces loups,
Donnant autant de morts qu'il desserre de coups.
Il va semant l'effroy, l'horreur & les vacarmes,
Du sang des Sarrazins il colore ses armes,
Son fer moissonne tout, & peint de toutes parts
Les herbes, les cailloux du cinabre de Mars:
Si bien que par l'effort d'vne telle poursuitte
Les vns eurent la mort & les autres la fuitte

Acquerant à ce iour par tant de beaux lauriers
Et la palme & le rang des plus braues guerriers.

De ce premier bon-heur vous suiuez la fortune,
Assiegeant vne ville aux Chrestiens importune,
Retraicte aux ennemis, & l'vn des forts chasteaux
Que le Danube large arrouse de ses eaux:
C'est Bude, qui ce iour des plus viues alarmes
Veit battre ses rampars sous l'effort de vos armes.

Vous parustes alors d'vn courage vaillant
Des premiers à l'assaut & tousiours assaillant,
Soit pour gaigner le haut d'vne muraille forte,
Attaquer vn rampart, ou forcer vne porte,
Tousiours au premier rang vous auancez vos pas,
Mesprisant le peril d'vn dangereux trespas.

Parmy tant de valeurs vne horrible megere,
Vn esprit infernal, enuieuse vipere,
Possede vn Othoman, & luy met en la main,
Pour lascher contre vous vn mousquet inhumain:
Dessus le serpentin elle place la meiche,
Remplit le bassinet d'vne poudre bien seiche,
Le fait cligner d'vn œil ayant le col courbé,
Luy porte l'autre main sur le fer recourbé,
Lequel en s'abbaissant sous la main qui le serre
D'vn esprit flamboyant anime ce tonnerre,
Qui par l'effort soudain de ses feux renfermez
Foudroye contre vous ses carreaux allumez,
Qui sifflant parmy l'air d'vne horrible maniere,
Eussent priué vos yeux de la douce lumiere,
Si le diuin secours d'vn Ange protecteur
En gauchissant le coup, n'eust chassé ce mal-heur:

Car

Car ce foudre perçant le haut de la cuiraſſe,
Où le fer azuré ſur l'eſpaule s'enlaſſe,
Friſe iuſqu'à la chair, & d'vn ſifflement prompt
Va grauer ſa fureur dans le marbre d'vn mont.
Le ſang coule ſoudain, & pourtant cet orage
Augmente vos valeurs, vous double le courage,
Vous rend plus furieux, & fait qu'en toutes parts
Vous fondeZ ſur les Turcs les tempeſtes de Mars:
Mais vous fuſtes contraint par la douleur cruelle
De quitter les moiſſons d'vne guerre ſi belle,
Qui vous donne à iamais en ce coup de bon-heur
La palme des guerriers, & les marques d'honneur.
	Chacun priſoit alors la valeur nompareille,
Qui vous fit triompher en ces iours de merueille
Contre tant d'ennemys, dont les nombreux troupeaux
D'arrogance bouffis eſleuoient leurs drapeaux.
	Le bruit de vos beaux faits courut toſt par la France,
Chacun parloit de vous, & de voſtre vaillance,
Si que mille Seigneurs de tant de gloire eſpris,
Pour vn meſme ſujet chercherent meſme prix,
Pouſſez d'vn ſainct deſir de prodiguer leur vie,
Pour la gloire de CHRIST, & deffendre l'Hongrie
Contre cet ennemy, qui viſe dés long-temps
D'opprimer les Chreſtiens en l'Europe habitans.
	Quel plaiſir eut alors ceſte ſage Princeſſe
Voſtre chere moitié, qui portoit en triſteſſe
L'abſence de vos yeux ſoleils de ſon beau iour,
Qui ſercinent ſon cœur à voſtre heureux retour!
Elle eſtoit toute en deuil, & ſes triſtes penſees
De crainte & de ſoucis demeuroient oppreſſees

D

Pour son espoux absent, mille songes les nuits
En troublant son repos redoubloient ses ennuys.
Mais voyant que le Ciel ramenoit fauorable
Chargé de tant d'honneur son bien plus desirable;
Que d'ayse elle conceut, & quel contentement
Saisit alors son cœur & son entendement!

Le gracieux aspect des deux freres d'Heleine,
Quand l'orage est passé dessus l'ondeuse plaine,
Ne rend tant de plaisir au nautonnier chagrin,
Lors qu'il les voit briller par vn beau temps serain;
Que vostre heureux retour apporta d'allegresse
Parmy les cœurs François de toute la Noblesse.

HENRY trois fois grãd Roy nostre Hercule Gaulois,
Estimant par sus tous vos genereux exploits,
Vous embrasse ioyeux, & donne fauorable
A vos claires vertuz mainte charge honorable;
Prise vos beaux desseins chargez de tant d'honneur,
Et vos sages conseils distillans le bon-heur:
Il vous iuge sur tous vtile & necessaire
Pour bien mener à chef vn important affaire.

Nous l'auons veu ces iours lors que sa Majesté
Vous commit pour aller deuers sa Saincteté;
Charge digne de vous! dont la magnificence
Fait voir par l'Vniuers le lustre de la France;
Que son Roy c'est HENRY, & que vostre grandeur
En cet affaire sainct est son Ambassadeur.

Quoy Muse! auras tu bien l'audace & le courage
De grauer les beaux traits de cet heureux voyage?
Et de porter au Ciel sur l'aile de tes vers
Le magnifique arroy du grand Duc de NEVERS?

Non tu ne le peux pas , ta debile faconde
Fera plus l'admirant qu'à le chanter au monde.
Mais quoy ! si ce sujet est le but de tes vœux
Il faut , sinon assez , dire ce que tu peux.

    Lors que Rome autrefois inuincible renduë,
Des limites du Ciel bornoit son estenduë,
Mille braues Consuls , dont les guerrieres mains
Auoient dompté par tout les peuples inhumains,
En triomphe portez d'vne pompeuse gloire
Par vn honneur public signaloient leur victoire:
Entroient pleins de trophez sur vn char radieux,
Brillants de toutes parts d'ornemens precieux:
Les peuples alentour en troupes magnifiques
Honoroient la grandeur de leurs faits heroïques:
Mais de tous ces honneurs , ces triomphes diuers,
Autrefois admirez par ce large Vniuers,
Nul ne peut esgaler le Royal esquipage
Que mon PRINCE a fait voir en la Romaine plage,
Le magnifique train de tout point ordonné,
Et les braues Seigneurs qui l'ont enuironné
Dans ceste saincte ville , où le chef des fidelles
Tient sous les clefs du Ciel les graces immortelles.

    On voit de tous costez voler les Gonfanons,
On n'entend qu'instruments , trompettes , & canons:
Tout le peuple rauy , fourmillant par la ruë,
De gestes & de voix à l'enuy le saluë:
Aux fenestres par tout sur les riches tapis
Les Dames esclattoient de beautez & d'habits,
Et le Tybre esleuant son onde furieuse
Sembloit bruire en ses flots ceste pompe ioyeuse:

                            D ij

Vn nombre de Pasteurs d'vne graue splendeur
Marchoit à ses costez pour le combler d'honneur.

Mille & mille canons rangez dedans Sainct-Ange
Tonnoient en sa faueur pour luy donner loüange,
Et mille airains pliez par le vague des ærs
Resonnoient en l'honneur du PRINCE de NEVERS:
Mille bons Caualiers montez à l'aduantage
Ceste pompe honoroient en superbe esquipage.

Mais quoy! quel ornement, quel Soleil radieux
Parmy cet appareil me donne sur les yeux?
O quel auguste port, quelle Royale grace,
Combien de Majesté reluit dedans sa face!
C'est vous, PRINCE, c'est vous, l'esclat de vos grãdeurs
Attire tous les yeux, & possede les cœurs.

Vous paroissez sur tous (ainsi qu'en la nuit brune
Sur les astres menus le flambeau de la Lune)
Monté sur vn cheual qui se rend orgueilleux
Sous la charge & la main d'vn faix si merueilleux:
Il bat du pied la terre, & sa bouche fumeuse
Va blanchissant son frein d'vne neige escumeuse;
Ses fers & son harnois en ce fier mouuement
D'vn fin or esmaillé, luy seruent d'ornement,
Il marche de costé, se quarre, se tormente,
Et fait largue au trauers de la tourbe pressante,
Qui courant pesle-mesle, admire la grandeur
Et le riche maintien d'vn si braue Seigneur.

Vos habits diaprez d'vne richesse blonde
Vous faisoient rayonner comme l'Astre du monde;
Sur vous alloit brillant vn collier lumineux,
Qui touché du Soleil esclattoit mille feux,

Garny

Garny de diamans, qui de leurs eftincelles
Troubloient en tremblottant les plus viues prunelles,
Et par les raiz puiſſans d'vne douce clairté
Rauiſſoient tous les yeux eſpris de leur beauté.

    Ainſi donc vous marchez en pompe magnifique,
Cauſant de tous coſtez l'allegreſſe publique;
Vous paſſez au Palais, qui du nom reueré
Du premier des Paſteurs eſt touſiours honoré,
Où la ſalve ſe fit de mille arquebuſades,
Trompettes & tabours à diuerſes chamades.
De là fuſtes conduit au logis ordonné,
De Prelats & Seigneurs touſiours enuironné;
Pour aller par apres en pareille ordonnance
Au ſouuerain Paſteur faire la reuerence,
Ayant changé d'habits diuers & precieux,
Richement eſtofez d'vn art induſtrieux.

    Cependant le Sainct-Pere en belle compagnie,
Pour l'accompliſſement de la ceremonie,
Dans le ſacré Senat, d'vne ſincere ardeur,
Reçoit fort dignement vn tel Ambaſſadeur,
Vous ambraſſe ioyeux, & de mainte careſſe
Honorant vos vertuz priſe voſtre ſageſſe.

    Vous luy rendez l'honneur par vn humble deuoir,
Comme à ce grand Paſteur, qui d'vn diuin pouuoir
Reſpand ſur les mortels les graces immortelles
Que le Sauueur a mis entre ſes mains fidelles:
Il vous benit cent fois, & ſon contentement
N'eſt que de vous traicter du tout ouuertement,
Si bien qu'en peu de temps voſtre charge accomplie,
Rome à tout l'Vniuers voſtre gloire publie.

E

Apres tant de faueurs, de graces & d'honneur,
Si largement receuz du fouuerain Pafteur,
Vous retournez heureux vifitant les prouinces
Des Italiques bords, & les plus braues Princes,
Les riches baftimens & les rares beautez,
Qui nous font admirer leurs fuperbes citez.
On feftoye par tout voftre grandeur illuftre
Chacun de vos vertuz honore le beau luftre:
Les Princes à l'enuy par mille paffetemps,
Tafchent vous retenir en ces lieux plus long-temps.

  Mais quoy! l'on vous attend; des-ja toute la France
Au bruit de voftre abord faute d'efiouiffance:
Des-ja maint Apollon fur les tertres iumeaux
Accorde fur fon luth mille fredons nouueaux,
Pour chanter voftre los, & porter dans la nuë
Sur l'aile de fes vers l'heur de voftre venuë.

  Auffi noftre grand Roy tout rauy de plaifir
Pour voftre heureux retour, voyant qu'à fon defir
Vous auez mis à fin cefte charge heroïque,
Auec tant d'honneur & de los magnifique;
Vous careffe & cherit, & par toute la Cour
Chacun de mille esbats feftoye ce beau iour.

  Puis donc que tout eft plein d'vne iufte allegreffe,
Que la France auiourd'huy regorge de lieffe,
Que les Nymphes, Syluains & les Echoz diuers
Rechantent par les bois le beau nom de NEVERS,
(Bien que ma rude voix n'approche tant d'Orphees,
Que la France nourrit, pour chanter vos Trophees)
Grand PRINCE ie ne peux en vn fi beau fujet
Demeurer à ce iour ingratement muet,

Puis que dés le berceau lors que ie pris naissance
Nature m'a soubmis à vostre obeïssance,
Et que vostre vouloir à mon bon-heur porté,
Enchaine à vous seruir toute ma volonté.

Que si vostre Grandeur me permet que j'embrasse
Vos genoux honorez, & que d'vn œil bonasse
Vous daigniez regarder les foibles rejettons
De mes premiers essayz ; infirmes auortons
Qu'aujourd'huy par respect mon deuoir a fait naistre,
Pour emprunter de vous la gloire de leur estre,
Ie seray trop heureux, & mon petit dessein
Aura le seul object que desire sa fin.

E ij

DE FELICI REDITV

ILLVSTRISSIMI PRINCIPIS

Caroli Gonzagae et Clivensis Niuernæi Ducis.

CARMEN.

VIS nouus affulget Titan, quæ
splendida latè
Apparet rerum facies? quod tem-
perat aftrum
Gallorum mentes, fenfus aut gau-
dia tentant?
Nam quò terrarum fefe mea lumina vertunt,
Antiquas vrbes, fundataque montibus altis
Mœnia, & effufas diuerfa per oppida gentes,
Quas legū HENRICVS iufto moderamine frenat,
Hinc exultantes magno cum murmure vocis
Refpectant feftâ fua cingere tempora fronde,
Et læto vultu paffim bona dicere verba,
Ac meritos aris indicere thuris honores.
Si qua tibi, vt dicunt, mens eft præfaga futuri,
Obfcuros hominum folers exponere cafus,
Mufa, mihi rerum veras ediffere caufas.
Quidnam refpondes? has vt dignofcere poffim
Méne recordari fortes, & carmina mandas,

Quæ

www.ingramcontent.com/pod-product-compliance
Lightning Source LLC
Chambersburg PA
CBHW061517170626
46811CB00004B/1756